あなたが流星になる前に

船田　崇

あなたが流星になる前に＊もくじ

I

IV　91

装画　保坂優子
装幀　宮島亜紀

I

海峡の夕

窓辺の
白陶に映る顔
甘い海峡の桟橋で
旅立つ船の
幻を砂に垂らす

気怠い
黄昏のチャント
指間を流れていった

秋のためらい
明日は君と
話そう

祈り

朝の扉を開けたら
きっと君は別人になっているだろう
国道は果てしなく真っ直ぐで
どこか調子っ外れの風が
耳もとで遊んでいるだろう

ハミングバード
大空の揺れるスカートの裾で
君はささやくことを止めない

草に埋もれた廃線に佇み
手渡された時刻表を抱いているときも
小さなせせらぎに身をかがめ
くるくる回る水のリボンを眺めるときも
君はささやくことを止めない

若葉をじっと見ていると
ぷるぷる震える僕らの内臓のようだ
不穏に漣たつ幼い夢のようだ
そんなときも
君は重い礎石を運んでいける
強い翼が欲しいのだ

ハミングバード
赤茶色の髪を微風に膨らませ
君ははばたくことを止めない

夕方の有線放送が零れ落ち
聞いたこともない名前で呼び出されても
案山子のポケットの中で
硝子の音階に耳朶を千切られても
君ははばたくことを止めない

ハミングバード
君の長いまつ毛の先で
地球が虹色に染まっている

位置

昨日君に
手渡そうとした手紙は
南風に羽ばたいて
七月の曇天に消えてしまったから
君と僕の
接している位置にぽっかり
空白がある

空と海が抱きあう

秘かな位置に向かって
今
白いカナリアが一羽
飛んでいった

白紙

真っ白い紙に
インクがぽたりと落ちる
途方もなかった地平に
さざ波がたつ

黒い液体から
伸びる一本の澪
影は現れ
それは一頭の鹿になった

僕は鹿を見た
鹿は僕を見た
そして目を逸らすと
所在なげに
白い荒れ野を歩いていった

そこには
蒼い霧が匂う深森もなければ
山脈を切り裂く鋭い懸崖もなかった
ただ視界の隅に
ぶつぶつ湧き出る泡があって
僕らは誰かの
呟きでしかなかった

パステルカラーの女たちが
僕の背中を通り過ぎる
甘い酒は幻灯のように並んでいる
窓の外に広場があって
風景はますます薄くなる
僕の老いた寓話たちが
砂場で口をぱくぱく開いている

僕の指先から
見えない鳥が飛び立った

背中の窓の
ブラインドが開くと

切り刻まれた夕陽が
白い紙にぼたぼた落ちてくる
その瞬間
鹿はこちらを見ることなく
何もなかったように
燃える

ある午後

雨の踏切の
向こうに君が立っている
仄かに白い
頬が水煙に包まれて
今にも
消えてしまいそうな午後だ

君がいる
近くて遠い場所に

蒼い水彩画の立ち昇っている地点に
僕は行かなきゃと思う
目まぐるしく
速さを変える時間を
光る列車が限りない破片に切り刻んで
線路際に咲く彼岸花
その折れた首が空を見上げていた
紅い唇をぱっくりと
開いたまま

スローモーションが
子どもたちの呼吸を苛む
虚ろな風の中を走っていくと
レールは不規則にひん曲がり

誰かの記憶が宙吊りにされている
冷たい銀の粒が舞う
午後に
僕は何度も列車に踏みつぶされては
空を見上げたのだった

逆光に壊されていく
君の輪郭
伸ばした指先から溶けていく
全身が朱い海に浸って
それから
君にたどり着いた午後に
ぼくはいない

犬と少年

暮れていく
枯れ野に立つ
犬と少年の影
限りある季節の尻尾が
反照する夕空に
一本の菩提樹が燃え立って

握りしめた
招待状は色褪せ

もう一言も読み解けないけれど
犬は少年の傍らで
悲しいとも
嬉しいとも口にしたことがない
その目を
ただ真っすぐに
見上げているだけだ

いつまでも
風は鳴りやまない
淋しい丘の上で
二つの影は永遠と対話をしている
その周りで
なにか

微小なものたちが
煌めき始めた

ぽつねん

静かな雨の日の
水溜まりのなかで
小さな出来事が起きている
アスファルトに反射する
追憶
ふいに現れ
ふいに消えた
水玉模様の人影

儚いね
声
君の秘匿された喉

こうして宇宙の切れはしで
ぽつねんと
君を待っている
ぽつりでなく
ぽつねんのねんだ
と寒空の下
何をねんじているのか
と聞かれても
耳は空っぽ
電信柱の影が踊っている

暗所から生足がにゅっと出て
ここらは魚らん坂
腹は空っぽ
らんらん襤褸の
帰り道だ
振り向いても
振り向けない
足元に烏賊
白い烏賊に塗れている

君の肌はいい匂いがした
5月の原っぱみたいだ

少女の髪を束ねた

あの赤い
赤い河がさらさらと流れる黄昏れ
残照をくぐっていく
沢蟹の行列をじっと
じっと見ている
僕が恋した名前が
名前をなくした光が
君のつるんとした胸の上で
ふいに現れ
ふいに消えたんだ

夕べの冷えた果汁にね
浮かんだ君と僕のね
プラスティックな部品たちが

漂っているね

帰ろう
帰ろう
大きな球は
辺縁系に向かって
傾いて

河畔にて

薄暗い朝霧の裾から
その川は流れ出している
水は鉛色に艶めいて
霧はまだ
何も言わない

孤独に俯いて
釣師の顔は見えない
天から無造作に吊された誰かの座標に

深い闇が口を開けている

僕は
最初の一言を探しながら
行くあてもない
ただあいまいな前傾姿勢で
眩暈のような岸辺を歩く
胸元の白い小鳥たちの囁き
薄桃色に光る野花のさざめき
濡れて萎れた音符たちの夢が
人々の窓を融かしていく予感。

貴方から届いた手紙は未開封のまま
今も僕の

ポケットの中で旅をしている

向こう岸に
懐かしい影が揺れている
僕はどこかに
喉を落としてきてしまった
新しい風景は貴方の背中にある
もう春が
そこまで来ている

後ろ姿

その店のMさんとは
とくべつ仲がいいわけではない
プレートにMと書いてあるから
名前を知っているのだ

Mさんは愛想笑いが苦手だ
同じ店のキラキラお化粧をした
学生アルバイトたちとは
だいぶ違う

歳もだいぶ違う
他の店員と違って
自分から客に話しかけたりしない
たまに目が合っても
すぐに逸らしてしまう

おつりを渡すときの
指はガサガサ荒れている
そして小さなセミみたいに
ミンミン声を出す

いつも僕は店の左奥の席にいる
いつもMさんは背中を向けている
学生や酔客で騒がしい夜に

立ちこめるタバコの煙の中に
Mさんの後ろ姿は
この店の誰よりも綺麗だ
彼女はきっと
そのことを知らない

ささやき

吹雪の向こうに
居座っている
重たい闇の奥底から
微かにささやく
ねえＭｒ．サッド
君のコートは蒼く濡れている
鳥たちの足跡は
儚く掻き消される

今日のささやかな
温もりと
覆い尽くす空白を混ぜ合わせ
そうだよMr.ノーバディ
凍った港の片隅で
君は声を押し殺す
顔のない男と差し向かい
とけない酒を傾けて

無題

お空にでっかい口が開いて
せかいが真っ赤に染まったから
うさぎは崖の上で血だらけになって
拭いても拭いても真っ白には戻れなかった

父さんは砂山でずっと蝸牛をながめていた
母さんは窓辺で空耳を解釈してばかりいた
うさぎは心臓と仲良くなったので
星のないよるでも淋しくなかった

春がきて夏がきて秋がきて冬がきて
崖はいつしか目が眩む程高くなっていた
ぼくは ぼくは ぼくは ぼくは
たくさんのぼくはが落ちてきて
うさぎの背中には
ふた葉のような翼がはえてきていた。

夢を忘れた朝

きみが買い物に行く朝に
青と白のポスターカラーを踏んづけて
ぼくのヒーローは森に帰っていった

新聞の下には怪しい顔があって
真っ赤な唇がこぼれ墜ち
嘘のサイレンは鳴りやまなかった

愛はポケットで育まれ

巻貝が見たのは虹を吸う夢
黴臭いブーツが幸福を履いてくる
おかえり裏声で吠えるぼくの犬たち
おかえり破れたレジ袋を被ったきみ
秘密の屋根裏から夜汽車に乗った夢
古い映画看板から抜け出してきた朝

抜け殻

縁石につまづいたら
ドサッと何かを落とした
見るとそれは僕だった
僕を落とした僕は
少し身軽になって
ずんずん歩いて行った
するとと曲がり角で
何かを引ったくられた

引ったくられたのも僕だった
僕を盗まれた僕は
少し虚しい気持ちになって
風に飛ばされないように歩いた

地下街のカフェで
頬杖をついていると
彼女が遅れてやってきた
すると僕のすぐ後ろで誰かが手を挙げて
2人は笑顔で連れ立っていった
ガラス越しに見えた姿は僕だった

僕は今日
何人の僕と別れてきたのだろう

生まれた日から
数え切れない僕が
道に捨てられてきたはずなのに
この街はいつも清潔で
セミの抜け殻くらいしか
見つけられない

II

食卓の風景

11月の朝の食卓に
海峡が横たわる
向こう岸に白いトルソ
空色のクリームがふわふわ
僕らのベッド
とうとう見つからなかった
この広大無辺
な
大脳皮質をそぞろ歩けば

小指の先に立ち上がる直立猿人
どこか初恋の人に似ている
右傾化する
テーブル

インフルエンザが
歩行者天国をふらふら
コルビュジエまがいの椅子に屹立する
また
も猿人
彼の靴は大きすぎて
国道55号線で茫然自失
黄昏のハーレーダビッドソン
から

タミフルタミフル
エンジン音

僕の友人が
煉瓦煙突になった19の春
ダイヤモンドの失敗に眼を瞑って
僕らの中身のゲルを抽象化したら
このねじくれたポイントカードは
捨てよう

ま白いクロスに置かれたのは
新鮮な夢の死骸

乳房

目覚めると僕のなかに
君がいないことに気付く
朝の白けた光を浴び
乱れたシーツの模様はどこまでも延びて
その物憂いはためきを眺めながら
僕は
君の形になった空白を
吐き出せないでいる

テーブルで一輪の
ガーベラが微かに震えている
僕らの部屋が
つくり笑顔のように石化し始める
昨夜の一行が血糊のように
壁に走り書きされている
その上に僕は
軽く斜線を引いた

見上げると視界いっぱいに
白い乳房が広がっている
僕の地球はどんどん小さくなっていく
だけれどこの空にも希望は確かにあって
ガラスの街に乱反射していた

鍵

右手を見ると
鍵を持っていた
目の前にドアがある

ドアを開くと
隅々まで
知っている間取り
そこにはもう君も僕もいないが
淡い光に浮かび上がる

朧な輪郭があり
空白がため息のように
暮らしていた

窓を叩く列車の音は
いつまでも響き止まなかった
テーブルには
一本の青い花と置手紙があり
文字は翳んで読めなかった
流し台では
置き去られた包丁の刃が
ギラリと光って
赤く垂れ流された日差しが
微かに震えていた

部屋を出ると
入道雲がいやに高い
蟬の驟雨が思考を塞いでくる
そして僕の右手に
鍵はまだある

一本橋

仕事帰りの午前零時。誰一人歩いていない街の交差点で信号待ちをしていると一台のタクシーが現れた。音もなくどこから来たのか黄色い車体は俺の前に止まり後ろのドアが開いた。

「呼びましたね」

どこか馴染みのある低い声。ほとんど憶えていないのだが確かに呼んだ気もする。運転席をのぞくとその顔は見えるようで見えない。ガラスそれともこの夜が歪んでいるのだろうか。

いずれにしても俺は乗り込むしかなく軟体動物のように車は
滑らかに走り出した。行き先は聞かれなかった。

タクシーは
いつの間にか一本橋を渡っていた
永遠のように続く
長い長い橋の下には
蒼い沼地が茫漠と展がり
水面には
朱い月面が幾つも幾つも浮かんで
へらへらと笑っていた
対向車線はなく
彼方には
微かにテールランプが浮かび

気が遠くなる

橋を渡りきったタクシーはそのまま急な山道を登り詰め淋しい一軒家にたどり着いた。着くと俺を残し車も運転手も消えていた。右のポケットにあった鍵を使って朽ちた玄関から入るとそこには四畳半ほどの小部屋があり真ん中に女が座っていた。

「呼んだのね」

つぶやく女の顔は
長い髪で隠れていた
灯りはないのに
女から無数の影が伸び

無秩序に蠢いて
女を中心に回転していた
その一つが長い腕を伸ばし
俺の手を掴むとダンスが始まった
次に伸びた影は
腕相撲を挑んできた
どの影の相手もしなければならない
なかにはピストルや
刃物を構えたヤツも
いたのだ

何時間かがたち俺は疲れて座り込んだ。影の一つ一つは異形だったがそれらを組み合わせれば重要ななにか伝言になっているのだった。静まりかえった森の奥からぐつぐつと爀る音が聞こえてくる。人のような人ではないような絶叫がこだました。

思えば長くこの地を離れていたが時間はもう残されてはいなかった。思えばこれまでの俺は時計の針のように女の周りを回り続けただけなのかも知れなかった。俺が初めて女をじっと見据えると女が微笑んだ気がした。そして長い髪をかき上げるとそこにはぽっかりと穴が開いていた。穴の奥には乳色の繭が闇に浮かんでいた。女の穴の中に俺は静かに入っていった。

道案内

道を尋ねられることが増えた
この街に住んで久しいのだから
知らないとも言えない
なので
自分の影が伸びるほうだとか
地平線まで行って誰かに聞けとか
ごまかしてみる
ありがとうと言われる

たまには
私も旅人なのです
と告白する

案内業に年季が入ってくると
犬や猫にも道を聞かれるようになった
ウサギとカメなら環状線
故郷に帰りたいヌートリアには
甘い風の吹く方を指さした

答えに迷うことはない
地球は丸く
私はいつでも楽観的だ
それに誰しも

辿り着いた場所が
彼の目的地なのだから

自動販売機

男が夜道を歩いているといつもの角に見知らぬ自動販売機があった。近づいて見ると商品は1種類ただ「みみ（左）」と書かれていた。値段は百円。ポケットから取り出し人目がはばかられたが一つ買ってみた。

取り出し口に落ちてきたのはどこかで見覚えのある形だった。記憶の彼方からいい匂いが漂ってきたので男はみみを古アパートの小さな部屋に持ち帰ったのだった。

翌日の夜も自動販売機はあった。こんどは「こゆび（左上）」だった。次の夜もまた次の夜もそれはあって男は夜ごと孤独の部屋から這い出してはいつもの角に向かうのだった。たった100メートルの距離なのに行って帰ると夜が明けていた。一睡もせずに仕事に行くので職場では1分と醒めていられなかった。心配していた同僚も見放した。男は仕事と友人を失った。

眠らず食わずそれでも夜になると男の目は輝いた。金は底を尽きかかっているが部屋の中では男の蒐集した欠片が集まり次第に女の姿に近づいていた。はし置きのような小さな鼻や大きくはない両目に凪いだ海がひそんでいること白く緩やかな胸の曲線そのどれもに馴染みがあった。今ではそれが誰であるか男は分かっているようだった。

一年がたった。

男は痩せこけて1ミリの肉もないように見えた。生きているのが奇跡的で実際昼間は死んだように動かなかった。だが今夜は特別な夜なのだった。男に残された最後の百円玉を持ってあの自動販売機に行くのだ。

彼の愛する女は完成間近だった。最後のパーツは右の睫毛だった。いつもの角まで這っていき「まつげ（右上）」のボタンを押した男がビニール袋に入ったそれを右の瞼に装着すればついに女は息を吹き返すに違いなかった。

しかし何ということか女はピクリとも動かなかった。男は絶望の淵で考えた。記憶の隅々を訪ね歩いた。そしてようやく気づいた。

次の夜男はいつもの角には行かず裏通りのコンビニを襲った。百円を奪うためだった。しかし彼は店員に抑えられそこで死んだ。飲まず食わずの身にもはや命は残っていなかったのだ。

彼が最後に何を買おうとしたのか、誰も知らない。

卵

けさ私が卵を産むと
お母さんは驚いて気を失ったけれど
おとうとは喜んで
朝ごはんにしようと言った

私には
羽が生えたわけでも
水かきができたわけでもなかったけれど
卵は水銀色に滲みながら

何かを言おうとしていた
だから私は
秋の陽差しの下
卵を散歩に連れ出したのだった

乳母車は古く
朽ちかけていて
公園では石になりかけの母親たちが
厚化粧を競い合っていた
その気になれば
仲良く卵を持ち寄って
パーティーだって開けるというのに
尻尾が薄くなった猫がよろめいて

素っ裸の子どもらは
ひらがなから漢字に変態しようとしていた
今にも氾濫しそうな夕焼け
これが貴方の愛なのでしょうか？

そうだ
明日は壁紙を張り替えよう

穴

不思議な穴だった
入れそうで入れないのだった
半身になっても屈んでも
足からも頭からも入れない
関節という関節を外したり
裏返って
粘液でぬるぬるになっても
入れないのだった

なかを覗くと真っ暗闇に
仄赤い灯が見えている
しゅうしゅうと苦しげな
喉の音が聞こえる
なぜこんな穴に
入りたいのか解らないのだが
穴の周りには
入るに入れず息絶えた
人体が累々としている
頭だけでもと無理をして
首から先をなくした人体も
所々に這いずっているのだった

毎日穴ばかり

眺めているのも気詰まりなので
ボロボロになった靴や
線路で拾った麦わら帽子や
懐中電灯
歯ブラシなんかを
穴に投げ入れてみたものの
がりがり噛み砕く音が
中から聞こえるほか変化なかった
お返しに一度だけ
ひねくれたうさぎが飛び出してきて
「早くしないと死んじゃうよ」
と告げて去った
それだけ

穴の中から仰ぎ見れば
どんな美しい夜空が見えるのだろう
僕らには圧倒的な闇と微かな光と
氷砂糖の欠片と
たった一つの偶然が必要なのだ

そして今日も
こうして霧深い森をかき分け
この穴の前に来ている
愛していると伝えても
穴はいつも嘘ばかりつく
あまりに上手すぎて
詩にもならない

III

晩鐘

青白いぬかるみを踏み
仄赤い闇夜を歩き
透明な花咲く丘にひざを突き
重い革靴を破って
私が流れていく

耳を塞ぐのは
乾いた文字の群れ
朽ちていく構文

あふれた血はすぐさま色褪せる
貴方の胸元に冷たく光るのは
偽られた鉱石

私が瞼を閉じるとき
開かれるもう一つの眼がある

空を渡る
カウントダウンの残響
いま遠ざかる者の
淡い輪郭
凍える風景から剝がされて
風に舞う冬の
記憶

川面

橋の上に立って
流れゆく水を見ている
背後を行き過ぎるのは雑踏と喧騒
乾いた風
それだけ

翳んだ視界に
淡い花びらが揺れ
押し黙ったままの季節が

いま遷ろうとしている
川面に浮かんだ小舟が遠ざかっていく
あの日のあの人の
面影のように

隣りに立つ人の
手をふと握りたくなったのは
セーターの奥から仄かに漂ってくる
草の匂いのせいだろうか
朽ちていく
黄色いレンガ倉庫
すべてを覆い隠そうとする
セイタカアワダチソウ
の優しさ

きっと
僕たちには
見えない岸辺があるんだろう
いつか身体も
世界もなくなって
鼻先だけで
無色の闇にいる

遠い空へ

貴方がいない冬は
去年までと何も変わらなかった
色のない夢のように過ぎて
冷雨に濡れた病葉が
べったりと
視界を塞ぐのだった
凍りつく前のような
とろりとした時間に覆われる

貴方から溢れ出た全ての文字が
いま水銀のように流れ
私の身体を通過していく

古い煉瓦塀に刻まれた
泡のつぶやきに唇をつけ
逃げて行く記憶の
儚い粒子を噛んでいた
草むらで猫の耳を擦ったら
いま子らから弾け出た声が
ぷかぷか
遠い空へ帰っていく

ワン切り

ケータイの振動で
目覚めたら犬が死んでいた

触るとまだ温かかった
目を半分見開いて
耳はぴんと立っていた
探していたんだと
女が言う

最後に探したのが
誰だったのか分からないが
その瞬間に俺の
ケータイが震えたのだった

着信もメールも
届いていなかった
一回震えたのは確かなので
ワン切りだ
と俺が言うと
女は答えなかった

その姿勢のまま
だんだんと硬くなっていく

死んで残るのは
身体なのか執念なのか

山の霊園に入れ
最初の墓参りをした
そこから見える俺の街は
赤茶けた遺跡であり
地球の皮膚病なのだった
俺はその昔
狩人だったことを思い出した
街の外側にはステップが広がっていた
その果てでで巨大な卵黄が割れていた
後ろから前へ
吹き過ぎる風に

俺は耳を立てていた

帰ってくると
家の電話が一回鳴った
犬が長年寝ていた窓際に
初夏の白い陽ざしが降っていた
ワン切りだ
と女が言った
違うよ
と俺が言った

木星

色褪せた街で
宛名のない手紙を拾った

空のトパーズと
明滅する赤い目と
懐かしい貴女
明るい髪の滑らかな流れに
僕は
想像の小舟を浮かべた

街の何処かで
いま解かれた一つの魂
白煙が翡翠の雲に立ち昇る
僕は匿名のひそやかな歌に耳を澄ませて
昼と夜の継ぎ目を行き交う天使を数えた
そして
両掌に包んだ
あいをじっと眺めていた

美しく沈む街と
麗しい僕らの子宮と
誰もいない地平線
笑いながら木星は傾いていき

さっきから
しとしと欲望たちが降り注いでいる
昏れなずむ大通りを
裸で歩く女と男は
やがて骨まで透きとおって
誰もいなくなる東京

ポケットの中で

苦虫を噛みつぶした夕暮れ
あなたの尻尾が雑踏に見え隠れする
新宿駅の柱を鏡に映し出す
21世紀のバーカウンターには
甘い夢のカクテルが滑らかに零れ
地下道の溝を密かに流れていく
その横には
極彩色のプラカードを持った少年が
静かに俯いている

ポケットに一輪の秋桜を差して
沈黙する人々と
転た寝している街並と
一枚のポートレートのなかに

環状線を何周しても
戻って来られない位置があった
酒臭い夜に
沈殿していく座席
しきりに髪を整えている娘の
白い額
そこに浮き出た朧な路線図
僕は
あなたに話しかけるための言葉を

すでに漂白されてしまった切符を
ポケットの中で握り潰していた

IV

君の部屋

旅から戻ると
君が待っていた
長い旅だったから
こんな顔だったかな？
と思う
初めて会った気もする

だけど
それは君であって

こうして眺めていると
出会いも別れも
全てがいま
ここにあるのだった
僕らはただ
リードで繋がれた
犬だったかもしれない

君が滲んで
よく見えなくなったのは
歳をとったから?
こんな近くで
明け方の
夢を見ているようだ

小さな窓から
初夏の風が入り込む
草たちの影が
カーテンに遊んでいる
ゆらゆら
君の部屋がまた
翳み始める

秋晴れの予感

君からの手紙が届いた朝
ぼくにはもう時間がなかった
貯まった空籤は夜の
亀裂に捨ててしまったから
さあ
軽々と一日へ歩き出そう

希望は短命だが
捕獲するのも容易いから

ほら
君の足元にも
桃みたいな子らが
ぴょんぴょん跳ねている

（さあ捕虫網を持って！）

街を行く女たちが
さっきからどんどん丸くなっていくのは
いつの日か地球を産むためなんだ
光を浴びて蒸発していく
幽霊たち
彼らと軽く会釈をして
ぼくは歩いていく

空にはぽっかり
ポンデリングの雲
そう
秋晴れの予感

冬の空

また奇跡のように
朝は新しい義務を手渡す
重々しく歩き出せば
過去からの風が吹く土手に
人影はない

薄弱な冬の
陽差しを散りばめた鴨の流れ
こうして時は去り

私もまた
光の行く方へと靡いていくだろう
（ポケットに何もないのは幸運だ）

大樹の枝を離れ
はらはら舞い落ちる
病葉に紛れて消えていくのは
誰かが落とした一枚の
証明写真

（窓際で誰に手紙を書いたの？）

はぐれた鳩が飛ぶ

その不格好な影を抱いて
空は
悦びも
苦しみもないグレーを湛えている
行きずりの女の
優しい肌のようで
涙がでる

丘の上で

指と指の間を
零れ落ちていった
淡い砂

水平線へ
染み込んでいく
遠い船影

他人の街の路地裏で

子供らは
悲しい手相を占っている
暮れ方の叙情は
遅れがちな長針に吊るされている
優しかった天使たちは
沈黙の沼で
月のように溺れている

君は空気の薄い丘の上で
肋骨のハーモニカを吹いて
何も書くことがない

オレンジ色の
涙を流しながら

そのとき
一篇の
君は詩なのかも
しれない

秋は沈黙する

街角の
ベンチに座っていると
ふと風が吹き
目の前を行き過ぎる人影から
名前がはらり剥がれ落ちた

陽光は
優しく午後を包み
銀杏の巨樹が燃え上がる

そんな秋の沈黙を
折りたたんでポケットに入れ
次に僕は名前を拾った

持ち主の後を追うが
すぐに姿は見えなくなった
すると名前は
瞬く間に僕の体に染みこんだ
振り返ると空は紫色に膿み
僕は
自分が誰だったのか
わからなくなった

（ほんとに君が孤独なら

こんなに寂しくないだろう）

公園に置き去られた
缶コーヒーの影は長く伸びて
隠れていた子どもたちを捕まえた
僕たちから離れて行こうとする
何かまあるいもの
それは口から飛び出して
ぴょんぴょん跳ねて塔に上がるから
僕らもふわふわ
エアプランツと浮遊する

（もう間に合わないのだろうか？）

想像の改札口で
片道きっぷの行き先は滲んでいる
算数の苦手な僕らの支配者たちが
廃墟になった目抜き通りを練り歩いた

（いつも食べてばっかりの僕ら
いつ食べられるのだろうね？）

暗渠では
鼠が骨を囓っている
キチキチと鳴る音を聞いていると
街の灯は
古い小説のように仄かに復刻している
古い友人はきび団子を持たされて

日暮れの丘で今も待ち続けている
(同一性の森から逃げてきた誰かさん
のせいで鬼も眠ってしまった)

見下ろせば
夕方の平野は名もない秘密を
飲み込んで
微笑み
ほら
でっかい太陽がみんなを包んで
地球が蜜柑のようだ

追憶

赤白の提灯が
華やかに並んで
人の熱に充ちた通りは果てなく
闇の縁まで延びていた
その角を曲がればもうひと息
馴染みの
赤レンガの喫茶店がある

重い扉を開ければ

見えない誰かとすれ違う
いつまでも席にたどり着けない
足元から絡みついてくるアイビーの
艶めくらせん構造と
床に散乱する無数の抜け殻たち
どの顔を見ても
それは僕ではなかった

レコード屋に書店
郵便局に花屋
その先の見えない境界を越えれば
袋小路に
ギラギラと情欲が見えてくる
明るい髪が揺れた気がして

ふと
繋いだ手を確かめると
そこに君はいて
そしていない
君の声を聴き
君の形を知るために
僕はもっとゆっくりと
歩く必要があったらしい

風はどこから吹くのだろう
あの日から
それとも遠過ぎる未来から
温もりは頼りなく宿り
見えるもの聞こえるものは

粘つく半透明の膜の向こうにあった

追憶の町と人に
いま隣にいるだろう君に
あいさつをする間が僕にあるだろうか
ことばは全て
降りしきる時に遮られ

逆光に墜ちた廃墟の劇場で
君と世界を観賞している
塵がキラキラ舞っている

伝言

吹きさらしのデッキで
ぼくは誰かを待っている
のかもしれなかった

風は冷たいのか
どうか
すら分からなかった
が
季節は間違いなく巡って

規則性の呑気な憂いを
奥歯で噛み潰す

人気ない自動車教習所の朝
曇天の下で
信号機がひとつ点滅し続ける
世界が右に傾いている
赤い風船を持った幼児が
傍らを通り過ぎる
こんなに大きく膨らませて
若ければ若いほど悲しく見える
人間は
いずれ萎びた不燃物を残し
いや

綺麗に灰になっていく
美人もいるだろう

忘れることは
世界の環境にいいことなんだろう
離別が完成するまでの時間には
秘かに流れ出す匂いがあって
脳の内側を充たしていく
あの部屋の
あのひとの…

記憶が濾過を重ねた
苦い残土
振り向くなら

そこには恐ろしい空白しかない
溶けていくのは面影ではなく
ぼく自身の輪郭なのだ

遅すぎる珈琲が運ばれて
景色が琥珀に変わる
瞬間
閉じたノートから記号は溢れ
床に滴り落ちていった

黄昏れた
海の向こうから
汚れた空瓶がいま漂着する

見知らぬ女の
白い手が
それをカウンターに並べ直せば
ひとことの
伝言すら
もう解読できない

窓の外には

あなたを待つ部屋には
白い光が倒れ込んでいた
胸のポケットに忍ばせたはずの招待状を
ぼくは指先で探したが
そこには何も入ってなかった

冬を待つ朝
瘠せていく一日の始まりに
あなたの影は見えない

耳を澄ませると
壁を飾る造花たちの
浅く苦しげな呼吸の音と
隣室で誰かの首を絞めているシルクの歌声
そこでは原色の飢えと悲しみが
フライパンの前で捏ね上げられている

あの日
なぜあなたは言ったのか
世界は美しい海月みたいだって
薄まったレモンティーを掻き回しながら
ぼくたちの話す権利と黙る義務
黄昏のメリーゴーランドに吊るされた

懐かしい匂いの死者たちが
ぼくの周りを楽しげに回転している
見上げると空は罅割れて
今にも落っこちてきそうなんだ
ぼくらが作った幻の尖塔が
尖塔が突き刺さったところから
生ぬるい雨が
ポタリポタリと降っている

あなたを待つ午後は
無色透明の泥濘のように
ぼくをぐいぐい飲み込んでいく
あのとき
なぜぼくは手を伸ばさなかったんだろう

あなたが流星になってしまう前に

一夜一夜を跳び越え
若い狼が夢の川を遡ってくる
ぼくは町屋の軒に
ぶら下げられた哀れな目玉でしかない

今も思い出す
いい匂いがする指先
夕陽に沈み込んでいく細い肩
ぼくの言葉は雪となって
あなたの唇の先でとろけていくだろう
ぼくたちの秘密の公園を覗き込んだ
あれは自由の女神だったんじゃないか？

あなたを待つ部屋には
たった一つの小窓があった
曇りガラスの向こうで衰えていく街路樹が
ひらひらと薄い手を振った
そこまで来ている
あれは綺麗で怖い顔をした
赤い花

壊れた時計

熟した果実が
ぼたりと落ちた地平線に
無音の闇が繁殖する
あの人の後れ毛についた水滴が
ひとつ煌めいて　落ち
僕をあの頃へ遡上させる

雨が降っていた
水銀の雨

都市の粘膜を破って
侵して
誰もが郵便ポストを探す
そんな季節へ
真っ赤な川が誘っていた
浮いては沈む
黒い影

路地裏では
脚本家と犬が
終わらない将棋を指している
だから僕は
壊れた柱時計を投げつける
地軸の摩擦に焦げていく

古いフィルム

薄闇に溶けていく
あの人の背中の悲しみ
菫の帽子が風に飛ばされたのは
僕には見えなくて
幻の村が
眼のなかの
水面から浮かび上がったんだ
あの日

前を行く
見知らぬ人が振り返る
交差点は端から化石になっていく

冷たい夜が落ちてくる

泡

月が消えた夜は
氷の丘に金の花を立てよう

誰からも見えぬ
誰の手も届かぬ
針の深林の最奥
ため息も通さない
濃厚な絶望の向こうにある
不毛の丘に

絵の中の家
家の前に立っている子鹿
その背中にも
闇は静静と降り積もるのだ
それが闇だ
時間だ

ああこんな肌寒い河原で
死んでいくのかなあ

乾いた呟きを包み
お前の風景は一つの泡
そして漂う

朝の伝言

あじさいの
花が涙を溜めて
七月の空を見上げている
ぼくの手の中には
誰かの
置き手紙がある
あれから何年
忘れてしまった音楽を探し

長い旅に出ていたんだ
生きている意味なんて
分からなくても
もう困ったりしない

朝の伝言を
霧雨に書きとめて
ツバメの子がいま
飛び立とうとしている
広い空にたったひとつの
曲線をつくるために

北緯43度からの手紙

街道では
点々としゃがんだ子どもらが
ひたすら泥を捏ねまわしていた
花が咲いている
黄色く笑う
道端には小さな風呂桶が
気が遠くなるほど並んでいて
老人たちは各々湯に浸かりながら
眠りの中で

密かに風向きを読んでいた

北緯43度の薄い空の下
山脈の優しく
無意味な曲線が消える方角
今も純白のシーツの端に落ちたまま
浅いユメを見る貴方に
静かに震える
ヒタキの尾のような
手紙を書きたい

回転舞台を回す
麦の掌はそこから見えるかい?
偉大な繰り返しに投げ込まれている

国道44号線がため息をつく
僕たちが帰る
この道

古い印画紙に
張り付けられた交差点の珈琲屋で
カチカチ鳴っている大きな歯並び
並んで鏡を眺めている
僕は羊雲の影に隠れ
排水口に消える白い泡を見ている
零れる声は木霊のように
言葉はいつも嘘をつく
全ては幻だったのに
また貴方に

話しかけようとしている

一滴の冬が
凍えた窓枠を伝って胸に紛れ込む
退屈な昼下がり
そこから銀が滲んでいく

眩暈

貴方の目が
いつもより優しい
きっとわたしの知らない裏道で
静かに泣いたんだろう

赤い光が差している
ここは
昼も夜もない囲いだから
見えない手を握って

貴方とキスをする
仄かな血の匂いがすると
わたしはいつも昏い
眩暈のなかにいたんだ

放り出された街を
ふたりで歩いていた
公園は夢の続きだった
捨てられた硝子の欠けらが
原色を産卵したけれど
すぐに崩れて
花びらは
わたしの後ろへ流れていった
あるのは

鏡の中で歪んだ貴方の
やせて節くれだった
輪郭だけなんだ

貧しさの池で
水面を埋め尽くすのは
誰かのまあるい口
ぱくぱく開いては閉じ
生臭く不条理な息を吐いている
あれは神様の遊技場なのでしょうか？
あれがわたしたちの排水口
だったとしても

子どもたちのはしゃぐ声

車のクラクション
わたしは生きている
蒼い草の間からピロロンと
貴方が
聞こえる聞こえる

だから
もう少しでいいから
わたしの手を離さないでいて
小さな手紙が曇った空の
どこかに引っ掛かっているんだから
だから
もう少しでいいから
小さな音楽を聴いていて

頬杖をつきながら

あとがき

フェイスブックでよく使う言葉を選んで見せてくれるワードクラウドというものがあって、尊敬する人生の先輩が試みたところ、真ん中に大きく「原爆」と出た。その周囲を「抗癌剤」「副作用」などが固めている。その人の昔と今をあまりに直截に表しているので、「こんな言葉ばっかり、寒々しいな」と、ご本人はため息をつかれていた。

そこで、僕も先輩に習って、ワードクラウドなるものを試してみたところ、真ん中に大きくあったのは「ない」であった。その上には「見る」があり、下には「いる」があった。先輩とは違った意味で寒々しく、やはりため息が出たのだった。
しかし、この「ない」が自分の中心に「ある」というのは、10代で詩を書き始めた頃から変わらない気がする。職場の必要で、非情な事件や天変地異の現場を目の当たりにすることも多かったし、私的生活にもそれなりに波瀾はあったが、自分の基本構造が変わることはなかったようだ。もし真空に吹き込むように言葉が現れたら、それが詩であり、僕という人間の形になるのかもしれない。
かくして、ないものねだりのような詩集も今作で5つめとなった。風に吹かれて世界を漂ってきた言葉たちの仮の宿になっていたら、と思う。この相も変わらぬ所為に、今回もお力添えいただいた書肆侃侃房の田島安江さん、黒木留実さんに感謝申し上げます。

2018年の酷く暑かった夏に。

船田崇

■著者プロフィール
船田 崇（ふなだ・たかし）
1966年北九州市生まれ。
詩集『空が最も青くなる時間』（2010年）、詩集『旅するペンギン』（2012年）
詩集『青銅の馬』（2014年）、詩集『鳥籠の木』（2016年）いずれも書肆侃侃房刊。
詩誌「侃侃」同人。
日本現代詩人会会員。
日本詩人クラブ会員。

現住所　〒270-2329 千葉県印西市滝野2-5-16

詩集 **あなたが流星になる前に**

二〇一八年九月十日　第一刷発行

著　者　船田 崇
発行者　田島 安江
発行所　株式会社 書肆侃侃房（しょしかんかんぼう）
〒810-0041
福岡市中央区大名2-8-18-501
TEL 092-735-2802
FAX 092-735-2792
http://www.kankanbou.com
info@kankanbou.com

DTP　黒木 留実（書肆侃侃房）
印刷・製本　大村印刷株式会社

ISBN978-4-86385-333-1 C0092